Huevos de dinosaurio

Traducido por Elena Gallo Krahe

Título original: *Het ongelooflijke maar waargebeurde verhaal over de dinos*
Publicado por primera vez en Bélgica y Países Bajos en 2018
por la editorial Clavis, Hasselt-Ámsterdam-Nueva York

© Editorial Clavis, Hasselt-Ámsterdam-Nueva York, 2018
© De esta edición: Grupo Editorial Luis Vives, 2018

ISBN: 978-84-140-1597-1
Depósito legal: Z 664-2018

Impreso en Serbia

LA VERDAD SOBRE LOS DINOSAURIOS

Guido Van Genechten

¡clo, clo!

Álbum de Fotos

EDELVIVES

DISCULPE, SEÑORA, PERO CREO QUE
SE HA EQUIVOCADO DE HISTORIA.

¿Yo? No, ¿por qué? Esta es mi historia.

ESTE LIBRO TRATA DE DINOSAURIOS,
Y USTED ES UNA GALLINA.

¡Pero bueno! ¿Habrase visto? ¡Por supuesto que soy un dinosaurio!
Mira mis pies: ¿es que no te parecen pies de dinosaurio?
«Gallina», dice... ¡Hum! ¡Querrás decir *GALLUS GALLUS DOMESTICUS*!

Y si no me crees, espera aquí, que te lo voy a demostrar.

Familia Velocirraptor

Mamá Loci y Papá Rapt paseando juntos

Al pequeño Velo le encanta su patinete nuevo

Este es mi álbum de fotos, una reliquia familiar. Me lo regaló mi abuela
(y a ella se lo regaló su abuela). Mira, estos son los velocirraptores.
Son mis tatara-tatara-tatara-tatara-tatara-tatara-tatara-tatara-tatara-tatara-
tatara-tatarabuelos. Fíjate en sus pies.

75 000 000 a.C.

PESO 13 KILOS

El abuelo con su andador

Ellos también tenían plumas. Pero no podían volar,
solo aletear un poco, como seguimos haciendo hoy en día.
Eran unos corredores velocísimos y muy inteligentes.

CASA IGUA

32

PESO 4 569 KILOS

Hogar, dulce hogar

HURRA CUATRO BEBÉS

Estos son los iguanodontes. Son parientes lejanos de mi padre.
Los adultos pesaban hasta 4,5 toneladas. ¡Lo mismo que cuatro coches grandes!

Un baño refrescante

La familia no para de crecer

Como ves, también ponían huevos. Aunque, ejem...
los suyos eran un poquito más grandes que los míos.

Familia Diplodocus

Nuestro primer besosaurio

Día de mudanza

Los diplodocus son otra rama de la familia.
Eran muy grandes, altos y fuertes,
pero también muy cariñosos.

Nuestra luna de miel

¡Qué vistas!

PESO 12 073 kilos

CERTIFICADO MATRIMONIAL

PARA SIEMPRE D

Docus y Dip
juntos para siempre

Una flor para Dip

Por fin

Mira esa foto: ¡dos diplodocus besándose bajo la luna llena!
Decidieron estar juntos para toda la vida. ¡Qué tierno!
Y luego pasaron una luna de miel maravillosa.

Rex

PESO 8121 KILOS

¡Qué emoción! Este es mi primo tiranosaurio.
Los tiranosaurios eran más de rugir que de dar besitos.
Siempre estaban gruñendo y rasgándolo todo.

65 000 000 a.C.

Dientes de leche de Tira →

Vicky ↓

← Tamtam

Su ex con los pequeños Tira, Vicky y Tamtam

Mira qué mandíbulas más gigantescas tenía Rex,
¡y unos dientes afiladísimos!
¡Cada uno tenía el tamaño de un plátano!

Familia Estegosaurio

150 000 000 a.C.

Un papá orgulloso

PESO — KILOS 2014

Los estegosaurios son mis parientes favoritos. ¿A que son impresionantes?
Nos parecemos un poco, ¿verdad?

Tego

¡Felicidades!

Tego soplando las dos velas de la tarta

Mi abuelo me contó que a los estegosaurios les encantaba comer plantas.
¡Me pregunto si les gustaría tanto el maíz como a mí!

PESO 12 700 KILOS

Hora de comer

Un gasecillo

La familia Tricerátops también comía muchísimas plantas.
¡Ufff! Vivían muy felices, aunque... ¡vaya gases!

¡Más gases!

Algo no va bien

Y entonces, hace millones de años, sucedió algo terrible.
Algunos dicen que el clima se volvió demasiado cálido para los dinosaurios.

65 000 000 a. C.

Asteroide

Terremoto

Otros afirman que un asteroide en llamas se estrelló contra la Tierra.

La tierra tembló y se abrieron grietas por todas partes.

Los volcanes entraron en erupción y escupieron lava y ceniza al aire.

Volcán en erupción

Fin

Todo se volvió negro. Como no había luz solar,
las plantas murieron y apenas quedó comida.
Todos los dinosaurios murieron de hambre...

Bueno, casi todos los dinosaurios.

Porque nosotros, los *Gallus gallus domesticus,* seguimos por aquí.

¡Y estamos muy orgullosos de nuestros pies de dinosaurio!

¿A que ya no te parecen unos vulgares pies de gallina?

DE MODO QUE USTED TAMBIÉN ES UN DINOSAURIO.
¡ES UNA HISTORIA INCREÍBLE!

Tal vez resulte increíble, pero es absolutamente cierta.
Y ahora, si me disculpas...

Tengo un huevo que incubar.

A lo mejor dentro hay
un pollo de tricerátops.

O un lindo diplodocus...

Un momento...

¿Y si...?

RAC!

¡SOCORRO!

Estegosaurio

Diplodocus

Parasaurólofo

Tricerátops